KB135544

사라지는 틈

도서출판
작가마을

사라지는 틈

초판인쇄 | 2016년 10월 10일 **초판발행** | 2016년 10월 20일
지은이 | 이진해 **주간** | 배재경 **펴낸이** | 배재도 **펴낸곳** | 도서출판 작가마을
등 록 | 2002년 8월 29일(제 2002-000012호)
주 소 | 부산광역시 중구 대청로 141번길 15-1 대륙빌딩 301호
T. 051)248-4145, 2598 F. 051)248-0723 E. seepoet@hanmail.net

국립중앙도서관 출판예정도서목록(CIP)

사라지는 틈 : 이진해 시집 / 지은이: 이진해. — 부산 : 작가마을, 2016
p. ; cm

ISBN 979-11-5606-059-8 03810 : ₩9000

한국 현대시[韓國現代詩]
811.7-KDC6
895.715-DDC23 CIP2016023742

본 도서는 2016년도 부산문화재단 지역문화예술육성지원사업의 일부 지원으로 발간되었습니다.

사라지는 틈

이진해 시집

■■■ 자서

덥다

선풍기를 켰다

봄에서 여름으로 가는 나비가 폴폴 난다

허물을 벗고, 하늘에 오른다

끝까지 가 보는 게 詩人이란다

어쩌면 자꾸 머뭇거리게 될까 봐 詩를 쓴다

바람도 햇빛도 무서워

나는 자꾸 눈을 감는다

헐렁거리는 신발에 힘을 준다

처음부터 나의 일이었다고 다독인다

나에게,

귀 하나 자르기도 하고

달싹거리는 입술을 꿰매기도 하는

詩는 나의 자화상이다

배롱나무가 피는 여름이다

이 진 해

이진해 시집

• 차례

2부

3부

사라지는 틈

4부

제 1부

morning call

"차암, 곱다
모질고 독하다
저것들은
시절을 어찌 알고 피는지
사람보다 백배 나은기라"

피처럼 붉은 팔순 노모의 독백에
동백이 또 피를 토한다

내가 걸어가야 하는 길
마음 단단히 먹고
단단한 씨앗으로 버티라고
동백이 피나부다

동백이 피면 동백의 목소리로
아니, 엄마의 목소리로
엄마처럼 뜨겁게 살고 싶다
엄마

관계

수평보다는 수직의 삶이 반듯하다
바람과 구름도 수직 쌓기를 좋아하고
모호한 수평의 기울기를 싫어한다
구름은 구름을 깔고 앉는다
무지개는 기울어진 꿈이라 한다
수직으로 치켜드는 세상 따라
밤마다 자라는 뿔을 세운다
물컹한 수평을 그만두고

서로의 눈길을 기억한다고
사람들 사이에는 서로 다른 수직과 수평이
각을 세운다
한때의 기억이 기울어져
수직과 수평이 흔들린다
흔들리는 어제, 오늘
낯선 언어를 토해내는
나의 수직 하나 기울어진다

깨진 거울

오른쪽 눈동자를 거울에 대어 본다
왼쪽 눈동자가 쳐다본다
꽃보다 예뻐지고 싶은 눈동자는
지가 무슨 백설공주인 줄 알고
아이새도우를 바르고, 거울에게 물어본다
성형에 목숨을 저당 잡힌다
얼굴도 모르는 얼굴이 진화를 거듭한다
여자를 모르겠다고 나는 말한다
왼쪽 눈동자를 거울에 대어 본다
오른쪽 눈동자가 시샘을 한다
인터넷 주소에서 독이 든 사과를 찾는다
아낌없이 얼굴을 조각내고
유전자를 조작한다

아픔에 일그러진 뭉크
몇 점이 눈과 코를 뭉개버린다
깨진 거울이, 얼굴을 보고 있다

리모델링

살아온 날들을 해부한다
제동을 거는 붉은 심장
뿌리 끝까지 내려갈 피는 주지 않는다
여리고 부드러웠던 뼈들은 화석처럼 굳어져
서서히 까맣게 삭아간다
땅은 서서히 붉은 속살을 감춘다
아무것도 자라지 못하도록, 영원히
방부제 같은 시멘트를 부어 단단하게 굳힌다
오그라지고, 구부러지고
얼마나 많은 길을 걸어왔는지
바싹 마르고 굳어진 발가락들
누군가는 독한 시멘트를 먹었고
누군가는 독한 말을 못처럼 사정없이 내리쳤다
그만 멈추고 싶다
오늘이 사라질까 두렵다
벽을 잡고도 일어서지를 못하겠다
벽이 다가온다
무릎에 힘을 준다
창문 밖 새들이 갑자기 날아 오른다

주저앉는다
구석에 밀어둔 휠체어를 당긴다
햇살이 눈치를 살핀다
바다가득 카펫처럼 펼져지는 붉은 노을
푸른 파도 속에 숨겨둔
붉은 심장을 토막내야 한다

마이 웨이

검은 문장 하나 버찌열매처럼 떨어진다 손으로 뭉개버렸다 붉은 점액질 같은 것이 손가락 사이에 엉겨 붙는다 벚꽃은 다 지고 푸른 치매에 걸린 잎들이 또 검은 문장처럼 우왕좌왕한다 목덜미에 걸리는 문장이 있다 목덜미를 간지른다 내 몸을 빌어 피고 지는 버찌나무 아래 버찌나무 그림자가 꿈을 꾼다 그가 지나가면서 꿈풀이를 한다 아무것도 없는 먼 길이 눈을 뜬다 실루엣 같은 길에 떨어진 버찌가 아직 뒹굴고 있다

바보 꿈

레이스 팬티를 입었다 무늬 고운 푸른 잎이 몸에 핀다 누군가 내 몸 속에 숨어 음흉한 눈짓을 한다 레이스 팬티가 그걸 받아낸다 면역력이 없는 거울이 입을 옹알거린다 새로 생긴 이웃이 눈을 껌벅거린다 관절마다 쑤시는 삭신을 몸이 밀어내고 나는 도망 다닌다 입속으로 밀어 넣는 검은 짜장면과 낭떠러지 끝이 아득하다 아주 천천히 강물이 흐르고 나는 강물에 발을 담근다 레이스 팬티가 강물에 잠겨 강물을 먹는다 강의 혓바닥이 내 몸 속으로 들어와 어느새 나는 강물이 된다 무늬 고운 푸른 잎이 강물에 동동 흘러가고 하늘 어딘가로 새가 날고 있다

뿔

나는 원래 뿔이었어요
자고나면 자라고
자고나면 잘리는
말랑하거나 단단한 꼭지가 나예요
흡사, 당신의 귀 같은
당신들의 기대에 도달하고자
하얀 꽃잎은 잘리고
빨간 상처는 짓무르지요
더 물러지지 않으려고
씨앗이 숨어 있는 곳까지 숨어들어요
누구든지 씨앗은 건드리지 못하죠
햇살에 말라버린 상처는
빨갛게 익어가고
사과는 씨앗 깊숙이
제 뿔을 녹여 스며들게 하죠
당신들이 꿀이라고 하는
단단하고 달콤한 맛이죠
사람들은 제 뿔을 베어 뭅니다
피처럼
달디 단 뿔을 치켜세우지요

2016년 1월 16일 「국제신문」 게재

상황, A

눈이 내린다
싸락눈이 내린다
죽음에 갇혔던 나비들이 환생을 향해 자폭한다
눈(雪)은 뜨거워진다
녹았다
꽃들이 손을 내밀어 감싼다
뜨거운 것들은 후회도 없이 서로 녹는다
함성은 눈(雪)을 뜨겁게 달군다
이웃처럼 위장한 사람들의
기다림인지, 기다릴 수 없는 것들인지
재빠르게 눈발이 지나갔다
뜨거운 가슴은 꽃처럼, 꽃잎처럼 흩날렸다
뿌리내리지도 못한 뿌리들
말갛게 씻기운 채 꽃집에 가득하다
붉은 나이테를 지운다
불빛마저 훔쳐간 저녁이다
죽어가는 사람들은 죽음을 모른다
차가운 눈바람에 몸이 으스스하다
잠깐 동안 붉어진 눈알이 비겁하다

나는 죽은건가요

누군가의 물음이 별빛 같다

꽃들이 춥다

뽁뽁이를 씌운다

꽃을 보겠다고

가위를 들고 있다

새 달력

다림질에 그만
주름 한 줄이 타 버렸다
겨울비가 내렸다
바다로 갔다
다림질한 저 틈을 버려야 했다
바다는 푸르게 다가왔다
바다의 틈새를 짜깁는 바위
바람의 틈이 무서웠다
며칠을 앓았다
바람은 결국
무방비의 경계였다
그 아픔을 읽는 데는
상처의 흔적을 품어야 했다
바위는 바다를 품고
바다는 바위를 품고
새 달력을 넘긴다
푸른 바다를 손다림질 해본다
바람이 치마자락을 들춘다
틈을 주지 않겠노라
하얀 눈이 내린다

아스피린

코드 블루
코드 블루
숨을 쉴 수가 없는
티슈 한 장
그의 몸을 돌돌 말고 있다
어딘가로 귀화하려는 건가
구름사이로 사라지는 연기
햇살에 가려지고, 바람에 실려간다
담쟁이 넝쿨이 따라간다
다 벗어버린 나무를 감싼다
누군가의 울음이 달려간다
꽃바구니의 꽃들이 서둘러 지고 있다
젖은 울음에
알약이 녹아 내린다

삭제된 전화번호는 생각나지 않는다
슬픈 기억이 멀다
나무처럼, 가지를 드리우고
겨울을 버텨야 했다
저장된 기억이 꽃망울처럼 살아난다

암호처럼

눈이 한번 오고, 다시 녹았다
담장을 넘지 못한 꽃은
슬그머니 말을 숨겼다
한동안, 봄이라고 치근댈 것이다
한동안, 몸을 풀고 있는
저 江은 수다를 떨며 흘러 갈 것이다
누가 안에 있고, 누가 밖에 있는지
발버둥 쳐대며 입을 열지 않는 바람
암호를 잃어버리고
바람보다 매서운
매화는 서둘러 암호를 풀고 있다
봄에는 어차피 암호이고 싶다
온 몸 가득 암호를 채운다
꽃잎들이 앞다투어 암호처럼 일다가
암호처럼 풀린다
말라버린 몸들이 자꾸 부푼다
한 열흘은 길이 따뜻해지겠다
따듯한 눈빛, 따뜻한 가슴 문지르며
늦도록 노래를 불러본다

요리연습

그의 말은 검다
그의 말은 읽을 수가 없다
그의 하얀 말을 모르는 척 한다
그것은 미필적 고의라고 한다
통째로 눕힌다
조각조각 잘라 본다
토막 난 아라베스크 무늬들
꽃무늬, 구름무늬, 나무무늬, 새무늬
말하지 못한 것들은 검다
천지사방은 문고리다
천지사방은 칼날이다
나가는 길이 더 어려워
무너지지 않으려 눈을 감는다
아무것도 읽을 수 없다
노란 아라베스크 파도에 쓸려 간다
점점 뜨거워지는 눈물이 난다
싹둑 잘린 허리가 아프다
말을 썰어내는 칼날 소리에
눈 잠 든 걸음이 휘청거린다

청룡 열차

길을 잃고 어쩌지 못하는
장미는 붉은 눈시울이 젖는다
길은 이미 길 속으로 부스러진다
줄긋기를 하는 별무리에 닿지 못하는
허공에 매달린 길이 어긋난다
포기할 수도 없는 갈림길 어디에서
떠나고 싶다, 조금 더 높이
허공 어디쯤에 의자를 걸어놓고
느긋한 휴식을 갖고 싶다
상하좌우로 마구 춤추듯 흔들어대는
이 세계의 시간표는 청룡열차이다
열차를 타고 내려다보면
큰 강을 건너가는 아우라가 보인다
새처럼 날지도 못하는 날개를 달고
거꾸로 매달린 죽지를 움켜쥐고, 찢어진다
하늘에 발을 감춘 바오밥나무가 된다
나무줄기를 타고 내려와야 하는
줄기는 바람에 거푸 흔들린다
때로 제 몸을 제 가시로 찌르는 장미
하늘이 빨갛게 젖어 있다

취한 길

길은 수선되었다
터진 틈새를 메꾸던 길에 목이 긴 주둥이가 생겼다
목이 자연스럽게 삐딱했다
아직 마르지 않은 술병
종일 취한 길이 음습했다
삐딱하게 걸린 낮달
항상 열려 있는 주둥이가 두렵다
목은 기다랗게 터진 목에서
펑퍼짐한 액체가 쏟아졌다
함부로 들이킬 수 없는 술병은
교회 뒷문에 그려진 폭주성 병이다
참회의 기도나
공손하게 두 손을 모으고 경건하게 마셔야 된다
피아노 소리가 들린다
길은 처음부터 만취상태
누군가 뛰어가느라 뒤꿈치를 쥐어박았다
조신하게 걸어가는 뒷굽은 콕콕 점을 찍었다
새 신발은 살금살금 고양이 걸음이었다
지친 몸 하나

이 꼴 저 꼴 보기 싫은 비틀거림이었다

취하고 싶었다 그냥

꽃잎 하나 주둥이에 떨어졌으면 했다

카무트

카무트를 넣고 밥을 짓는다 피라미드에서도 살아남아 미이라를 지킨 귀신, 죽음속에서도 죽지 않고 봄비에 두어 번 지나갔다 목련은 조개무덤처럼 온 몸이 발진이다 나른하다 제 몸속의 무덤들 새벽마다 동백이 다녀갔다 꽃들은 미이라가 감춘 카무트를 두지 않는다 밤마다 꽃단장한다 스무살이 그립다 굴풋하다 화장을 하지 못했다 보송보송한 자신감이 꽃처럼 피던 시절, 그를 보내야만 나는 꽃을 꺾어 꽃이 될 수 있다 잊어야겠다 나는 그리움을 발라먹는다 쓰레기처럼 남은 것들이 봉긋한 조개무덤이 되었다 꽃 하나 피우지 못하고 꽃 하나 간직하지 못하고 밤마다 꿈을 나누고, 쪼개고 미이라처럼 비겁하게 아무것도 두지 않으련다 밤마다 달그락 달그락 그리움을 긁는 소리는 두지 않으련다 꽃처럼 무덤을 두지 않으련다 봄날은 끝나고 삭은 무덤에 핀 카무트를 끓인다

폰, 스마트

작은곰 별자리가 사라졌다
카시오페아 별자리도 사라졌다
캄캄한 스마트폰의
바탕화면이 다시 뜬다
얼굴도 모르는 문자들이 엉겨 붙는다
그물을 치고 그물 속에서 노는
하루치의 재미에 골몰한다
누군가는 말의 폭력에 시달린다
우글거리는 좀벌레 같은 댓글들
눈으로만 확인하고 또 지운다
모르는 척, 곁눈질로
뜬금없이 새는 댓글을 다시 단다
미확인 비행물체를 보았다고 한다
허공으로 사라진 싱거운 말은
풍선처럼 터져 기척이 없다
팔이 없는 구종*의 님프
누가 감추었나, 한 번도 나팔을 불지 않는다
사슴의 뿔은 자라 사슴이 된다
담장 아래 성냥팔이 소녀는

산 너머 산을 덧없이 바라본다
허공으로 사라진 말들이
산을 돌아서 스마트 폰속에 우글거린다

*구종; 프랑스 조각가

제 2부

그해 겨울

새들은 맨발로 뛰놀다
빈 부리로 조잘조잘 바람을 찍었다
하얗게 또는 시퍼렇게
강바닥은 통째로 말문이 닫혔다
휴지처럼 구겨진 길바닥의 노숙자
옷섶으로 파고 드는 바람이 얼었다
시린 바람을 안고 넘치는 변명
말은 말을 아프게 병들게 했다
(남아있는 몇 차례의 생애)
단발마 같은 고통을 얼음장으로 깬다
새끼가 입을 뗄 때까지
젖을 물리던 어미소는
구제역이라는 죄명을 뒤집어쓰고
캄캄한 어둠 속으로 생매장되었다
살상을 방관하는 殺처분에
마스크를 쓰고 입을 다물었다
세상에서 가장 모진 말(言)들이
목덜미를 물어뜯었다

타워 크레인

내 몸 어디쯤에서 흔들거린다
어지럽다
꿈처럼 사라지는 퍼즐 조각은
밤마다 새로 짓는 꿈속에 버려졌다
야바위 속이다
여차하면 내 머리통에서
흔들거리는 바람이 차다
비굴하게 비켜가는 바람도 있다
소파며, 하얀 벽에 새길 해바라기 비명碑銘
마음으로 가만 헤아려 본다
사라진 소식을 저울질 하는
머리 위에 떠 있는 까치집
빈 하늘만 그저 높다
커튼을 치고 불을 켠다
지나가는 겨울비에 거듭 젖는다
차가운 것들이 몸속으로 파고든다
액자에 박히지 못한
녹슨 피가 자꾸 녹슬어 간다
뿌리처럼 뻗어 엉키지 않는 생각

무얼 지울까, 지워야 하는
그에게 어쩌다 매달리고 싶다
희미한 하구 언저리
흘러가는 시간을 보고 싶다

네비게이션

잔소리, 잔소리
이런, 우라질
후렴구까지 지청구다
폐차되어 목숨이 다하는 날까지
아는 여자, 모르는 여자
소리 위에 작은 새처럼
정직한 울음을 내뱉는다
아무도 불러주지 않는 길들은
시작이거나, 끝이거나
구부러지거나, 헤매지는 않는다
밤을 질주하는 빛들이 눈발처럼 어지럽다
길이 어푸러진다
일상처럼, 나무들은 모르는 척 한다
어둠 속을 말하는 여자의 말꼬리를 귀에 담는다
–100키로미터 앞에서 우회전 하십시오
유리문 밖의 세상을 모르는 여자가 부럽다
차마고도를 헐떡이며 걸어가는 당나귀
흔들리는 방울소리
먹빛 하늘에 별들이 길을 나선다

다시, 걸어본다

계절마다 앓고 있는
낡은 액자를 떼어낸다
산수유가 삐뚜름하게 기울기 시작한다
맞은편 거울 속에서
수화手話처럼 가지가 흔들린다
느닷없이 가지가 부러진다
물감으로 덧칠을 한다
액자에 들지 못하는 통증이 얼룩처럼 번진다
칼끝으로 통증을 긁어낸다
아직은 미완성인
저 벽에 다시 못을 쳐야겠다
봄의 이름씨가 되지 못한
그림 한 점을 다시 걸어본다
너무 마르고 단단해서
두들겨야 우는 벽의 소리
소리가 밀고 들어온 자리에는
부러진 뼈가 널브러진다
봄의 문틀을 빠져나온
둥근 바퀴들이, 꽃잎처럼
짐짓 소란스럽다

등이 시리다

쇼윈도 마네킹의 옷자락이 팔랑거린다
유리문을 들여다본다
유리문을 밀고 들어간다
지나가는 곁눈질만으로는 부족한
호기심이 끼어든다
마네킹의 등 뒤에서 선풍기가 움직인다
30도를 넘는 찜통 같은 무더위 속에서
마네킹의 치마자락이 바람에 데인 듯 팔랑거린다
더위에 부채살처럼 팔랑거리는 관음증이 퍼진다
자꾸만 쳐다본다
여름 안에서 창백해지는 마네킹은
여름 안에서
또 다른 여름을 유혹한다
먼로는 아직도 치마자락을 움켜쥐고 있다

마른 꽃

찢어진 창호지처럼
야박하다, 아무것도 담을 수 없는 그릇
가장자리에 매달린 꽃가지
밥풀처럼 말라 버린 꽃을 줍는다

시간도 다 버리고
사리처럼 남겨진 마른 꽃

마른 입술을 슬쩍 감춘다
마른 관절을 뽀드득 문지른다
바람의 뒷등에 기대선 꽃의 그림자
그 층간은 허물 수가 없다
문살에 꽃잎을 부치듯
지난 시간의 너덜거리는 아픔을 부친다
눈물 다 말라버린
엄마의 관절이 뽀드득 소리를 한다

껍질이 아프다

벗겨도 벗겨도 껍질 같은 양파가 있다
먹는 것은 죄다 껍질을 벗겨야 한다
맨몸으로 무식하게 들이대야 한다
붉은 사과도 껍질을 벗긴다
붉은 유혹의 말을 숨긴다
껍질 벗은 생선은 맛이 좋다
아픈 껍질을 모른 체 하려는
소주의 도수가 쌉싸름하다
세상의 모든 것은 껍질을 벗겨야
이름값을 한다
환절기에 피부가 아프다
한 꺼풀 벗겨야 계절을 견딘다
좁은 구두 틈에서 발가락이 아프다
서로 부딪치지 않도록
서로 아프지 않도록 반창고를 덧댄다
은행나무 아래에서 구린내가 난다
구린내를 내밀며 은행은
위조지폐인지, 백지수표인지 표시도 없다
그게 껍질이라고 우긴다

정확한 은행창구도 모르쇠다
다만 금리를 낮추어 주겠다고 속인다
방금 목욕을 한 나의 껍질은
야들야들 해졌다
누군가에게 맨몸으로 무식하게 대들고 싶다
아프다, 껍질이 아프다
누가 호호 불어주련,

맷돌

무거워진 눈물이

손끝에 매달린다

숨기고 감추느라

돌은 길을 연다

기억의 허드레같은

껍질이 벗겨진다

돌,돌 굴러가는 우렛소리

새들은 가지 않는다

한강 선유도에는
도망가지 않는 비둘기들, 살찐 가을이 있다
해자垓子처럼 둘러 처진 강물
침입자의 날개는 오래 날지 못하였고
터전을 잃은 텃새가 되었다
물푸레나무가 자라는 낙원의 열매는
총각네 마트보다 신선하다
마술사의 검은 모자는 첫눈을 준비한다
새들이 날아가는 어떤 매직에도 감동이 없다
여배우의 각선미에도, 남자배우의 멋진 근육에도
엑스트라가 되길 거부한다
마술사의 검은 모자속이 안개 속이다
첫 눈을 미루어야 한다
텃세에 손을 펴지 못한다
늦가을 나무는 햇살 아래에서
씨앗을 숨기고, 잎을 떨군다
강물에 비치는 햇살이 차고 넘친다
강물에 조준되는 총알, 흔적이 없다
날개의 아픔을 상실한 날개는
페루로 가지 않는다

서랍이 있었다

서랍이 있었다, 내가 있었다
서랍이 없었다, 내가 없었다
기억 같은 서랍속에는
토씨를 갉아먹는
바구미들이 모여 들었다
침묵은 부적처럼 숨을 쉬지 않았다
서랍이 삐걱거렸다,
나는 열지 않았다
서랍이 삐걱거렸다, 나는 사라졌다

색바랜 기억을 날지 못하는
사진은 흐릿하다
눈알이 흐릿하다
인기척에 달은 살이 찌고
서랍의 고요는 본래의 고요를 잊었다

숨겨둔 꽃은 피지 않았다
나는 보내지 아니하고
너는 가지 아니하고
껍데기를 버린

너는 아직 거기 삐걱거리는 소리가 되었다

소인

신호등이 흔들렸다
빨간불은 켜지지 않았다
지켜보던 배롱나무가지 하나 부러졌다
PC방 간판은 어떤 문자를 주고 받는다
딸아이에게 보내는
멸치를 상자속에 꾸렸다
바람에 익은 멸치똥에 우체국 소인이 찍힌다
소인은 핸드폰 속으로 달려간다
바람이 멈칫한다
우산을 펴자
우산살이 부러졌다
안경이 흐릿하다
비문증이다
휴가 나온 세일러복은 하얗다
여름을 쓸고 가는 바람도 세일러복 차림이다
빨간 신호는 지금도 빨갛다
방파제에 부딪친
여름이 하얗게 부서지고 있다

숨어 있는

현관 앞 신발장에는 나의 족적經을 읽고 자라나는 신발들이 있다 경전을 싸안는 바람도 그림자 같다 그리고 번개처럼 지나간다 습관처럼 깊은 우물을 길어 올리듯이 한 뼘의 틈새에서 이야기꽃을 피워 낸다 여름날 수국꽃더미에 숨겨둔 입맞춤을 보았다 한다 생일 선물로 받은 검정 로퍼는 아낀다고 신지도 못했다 한다 여름 햇살 다 보내고 뒤늦은 인디언 썸머에 고백을 한다 주머니 속에 맞잡은 손들은 밤새 눈길을 걸었다 한다 그 손길을 기억하느라 經을 또 읽는다 눈꽃송이가 곰팡이처럼 얼룩얼룩 배어 있다 신발장 안에서 자라고 있는 꽃들은 오래된 어둠이다 오래된 신발장이다

오늘

개뻘을 본 적이 있다, 없다
구차한 말(言)들은 시끄러웠다
맨 몸으로 세상을 밀고 나갔다
그것은 그의 문장이었다
햇살에 잘리우고
빗물 같은 것에 불어터지고
바람에 풍장 되는 몸피는
짧은 문장 하나에 자주 쓰러졌다
소름 하나 돋지 않는 기억
맨몸으로 하루를 사는 파도였다
느리게 빠르게 오는 푸른 문장
책갈피를 넘긴다
가슴속에서 파도가 뛴다
물결치다 사라지는 푸른 행적
달빛이 밑줄을 긋는다

유월

장미가 매달려 있다
재개발 담벼락에 목을 매단
저걸 붉다고 해야 하나
관습적으로 암기하여온 학습
그래도 아니라고 할 수는 없다
담벼락에 붉게 갈겨 쓴 출입금지
다시 보면 장미는 허공에 떠 있다
발치에 부려진 햇살이 잘게 부서진다
따뜻함이 아슴아슴 스며든다
어둠의 바람이 주저없이 밀려오면
외투처럼, 포근한 외투처럼
푸른 기억이 가시가 된다
출입금지 글자를 붉게 새겼다
유월의 장미가 붉다, 뜨겁다
한동안 꽃이 지고 있다

칸나꽃을 꿈꾼다

가을 바다에 누운 몽마르트르를 훔친다 또 다른 몽마르트르에서 화관을 머리에 쓴 소녀를 훔친다 어제의 몽마르트르가 눈을 흘긴다 휴대폰 속에는 나도 모르는 암호들이 쑤군거리며 들락거린다 화관을 기웃거린다 알 수 없는 핑계를 몽마르트르에 묻어둔다 붉은 칸나가 붉은 내일의 암호를 기다린다 밤새 뒤척인 군용 모포에 몸을 말았다 눅눅한 다락방을 지나 가슴 설레는 몽마르트르에 가지 못하고 환한 햇살 속의 칸나꽃을 꿈꾼다

텅 비어버린

두 발로 걸어 다닌 무거운 중력이었다
따뜻하게 늘어진 엄마의 뱃가죽은
내가 태어나고
내가 가시처럼 찔러댄 아픔으로 굳었다
시도 때도 없이 툭툭 건드려서
젖고 축 늘어진 考古學이 되었다
한숨으로 말리시는 혀 밑의 숨은 刻印들
밤마다 깍아낸다 뒤꿈치의 각질처럼
쳐다보던 달빛도 제 몸에 서늘한 빗금을 친다
탁본을 뜨지 못한 그 虛構를 싫어라 했다
어느새 닮아버린 모습, 나는 뱃속이 허해지고 있다
저렇게 텅 비어 늙어버린 검은 동굴 속에는
눈물의 흔적이 종유석처럼 자라난다
맨살을 찢고 나가는
툭툭한 울음이다, 음매에
엄마가 굴러가는 소울음
엄마를 파먹은 깊은 동굴의 이빨
늘어진 뱃가죽, 더 깊은 동굴로 익는다
조서 한 줄 걸치지 못한 바람이 지나간다
바스락, 바스락

제 3부

달집 태우다

가슴이 조금씩, 뜯기우는
생채기인 줄도 모르고
그리움의 업장 소멸
그것만 믿고 빌었다
아무도 몰래
달집에 넣어 두었던
비손 울음의 흔적들
가슴속에서 떨려나간
손 아픈 자작극이었다
서리맞은 달처럼 맨몸으로
바다에 부서지는게 거듭 두려웠다
쓰린 가슴으로 그리운 척
이름 지을 수 없는 눈물만 흘렸다
가까스로 눈뜨고 지켜보는 명자나무를
이제야 보아야 했다
칼금으로 달뜬 몸 일으켜야 했다

가을 퍼즐

늦가을 단풍에 누웠다
노랗고 붉은 잎들은 에로틱한 소리로 서걱거린다
날아가지 못한 나비 한 마리
정지된 시간의 부조상이 되어 있다
앞쪽 빌라 창문으로 흰색 바지가 깃발처럼 펄럭인다
주차금지 팻말이 있다
낡은 자전거가 있다
잎도 꽃도 떨군 가을은 백지로 돌아가는 갈무리를 한다
만 개의 퍼즐로 해바라기를 피운다
어쩌면 제때에 꽃피지 못하겠다
어쩌면 제때에 소리조차 내지 못하겠다
한 조각 퍼즐을 맞춘다
두 조각 퍼즐을 맞춘다
싫증이 나거나, 지루해진다
돌아선다
맨몸으로 몸의 거짓과 참을 끄집어내는 누드모델
누워도 보고
엎드려도 보고
의자 깊숙이 앉기도 한다

퍼즐이 핀다
해바라기다
창문을 연다
바람이 지나간다

노박덩굴 열매

봄이 갔다
지루한 여름 땀띠도 갔다
가을이 문을 닫는다
계절의 그림자, 가을
낟알을 삼킨 새떼들, 시끄럽다
떠돌아다녔던 지친 시간도
은밀한 녹음의 시간도
다 뭉개버린
붉게, 붉게 피의 색이 굳어 있다
햇살에 아팠던 숨을 터트린다
바람에 통정通情했던 몸을 말린다
열매처럼 매달리는 고요
늦은 가을 햇살에 다소곳하다
몸이 걸어간 발자국처럼
엉클어진 브래지어
빨래줄을 타고 흔들린다
눈雪 내리면 저만치
눈사람이 되어 굴러간다

겨울 안개

찌그러진 길바닥 틈새로
안개는 온몸으로 걸어나온다
노란 정지선을 지나 턱까지 밀고 온다
하늘이 보이지 않았다고
알리바이를 연鳶처럼
띄웠던 바람은 사라지고
빈 얼레만 남았다
허공의 눈꺼풀이 자꾸 무겁다
어쩔 수 없는 오늘의 묵시록을 덮는다
한 걸음 늦어 버렸다고
한 걸음 너무 빨랐다고
등 뒤에서 나를 떠미는 그림자
파도가 캄캄하게 아우성을 친다
젖은 꽃망울이 조금씩 얼어 있다
침묵을 닫고 있는 얼음장 같은 창문을
아무도 거들떠보지 않는다
눈물처럼 흘러내리지 못하는 것이 있다
바람처럼 사라지지 못하는 것이 있다
어제 오늘 사이 아무도 모르게
코끼리의 발등이 부어 있다

겨울에도 비가 온다

오다가 생각난 듯 다시 온다
천년을 내려도 내리는 비는 거미처럼
가느다란 발을 뻗어 창문에 엉겨 붙는다
비(雨)만이 아는 비의 상형문자가
거미줄처럼 엉크러져 흔들거린다
낡은 고서처럼 한 줄씩 읽느라,
늘어진 해금소리가 이틀 밤낮을 낑낑거린다
먼저 내린 비는
지나간 시간과 흔적을 따라 사라진다
시름시름 내리는 비의 근심
먼 기별이 차갑다
먼저 온 것들과 지금 오는 것들의
문자는 같지만 다르다
수직으로 뻗어가는 춤사위를 휘감는다
벌거벗은 알몸으로
은근한 해프닝을 즐기는 해질녘

그리움은 모두 어디로 갔나
산 하나는 빗속으로 사라질 것이다

강 하나는 빗속에 잠겨 넘칠 것이다
푸른 소리로 자맥질하는 나무
숨소리는 몸속으로 익을 것이다
그리움처럼 끊어질 듯 끊어지지 않는,

꽃처럼

옹벽에 수평선처럼 빨랫줄이 걸려있다
평상에 누워
흔들거리는 하늘을 본다
외줄을 타는 줄광대처럼
빨랫줄에 훌쩍 뛰어 오른다
폭신거리는 구름에 닿는다
구름에 이끌리는 출렁거림으로
꿈속을 걸어본다
추억처럼 발자국을 살핀다
저만치 다가오는 눈 먼 그림자
살아있다고 믿고 싶은
그대의 옷자락이 멀리 보인다
그대를 아직 보내지 못해
쓰지 못한 묘비명
죽음은 삶의 완성인 것을 몰랐다
나는 그대의 삶을 방관했구나
거덜난 기억을 거둔다
바다에 지는 노을 한 쪽을 자른다
동백처럼 붉은 옷을 짓는다
그대, 그만 꽃처럼 지내시라고

다음은,

컴퓨터가 먹통이 되어버린 날
자판만 톡, 톡
창은 어둠이다
창밖 나무들은 살풀이 타령처럼 흔들거린다
풀 수 없는 암호가 무더기로 울어댄다
매미는 강적이다
길을 잃어버린 별들이
신축아파트 담벼락에 조명처럼 박힌다
모든 것들은 어둠속에 숨었다
야식 배달 가는 오토바이 굉음
매미는 꽁무니 불빛을 따라간다
평형을 잃은 달팽이관이 왼쪽으로 기운다
오른쪽으로 베개를 끌어당긴다
다음은,

사라지는 틈

그건 나의 방심이 아니다
미래를 알지 못했거나
과거를 잊은 탓이다
꽃과 잎이 만나더라도
열매는 더디거나
아니면 모두 사라져야 익어간다
버뮤다 삼각지대는 지하철이 되거나
스크린 도어가 되거나
쇠파이프를 들이대는 고속도로가 된다
세 개의 기둥은 만나지 못하는 틈을 두고
굴러가는 타이어를 만들고
버뮤다로 향하는 배 위에서 비키니를 입는다
돌연변이로 생겨나는 행운의 잎사귀를
한참 쳐다보다
버스를 놓치거나
버스를 그냥 보낸다
누구에게도 감명을 주지 않는 고양이 울음
신축중인 건물에 갇혔다

체불임금으로 아무도 없으니 녹슨 버뮤다가 되었다
울음은 제 번호를 누르지 못해
네잎클로버를 자꾸 놓친다
뾰족한 하이힐
트라이앵글을 치듯 땅을 두드린다
걸음에 틈이 생긴다
고양이 울음처럼 틈이 생긴다
택시를 세운다

달팽이

땅바닥을 기어갈 줄 아는
달팽이의 꿈틀거림이 무섭다
몸을 끈적하게 녹이며 길을 내는 농염함이 무섭다
서로의 관계가 무서운
집을 棺처럼 지고 다니는
노마드가 마음에 걸린다
끈적거리는 배밀이로 기어가는
그를 밟아버렸다, 어쩌다

팔이 잘려나가도 아우성치지 않고
비명을 지르지도 않는 묵언주의자
235미리의 발바닥은 말뚝처럼 박혀 버렸다
하얗게 밑줄을 그은 문장 한 줄
혼자 조문하듯
어둡게 우물거렸다

시린 발목을 주물렀다

두루마리 화장지가 물에 빠졌다

변기통 가득 두루마리 화장지 건져내지도 못한, 물도 내리지 못한, 켜켜이 풀어져 상처의 껍질처럼 떨어진, 점자 같은 문장을 굽어본다 익사한 볼록볼록 앰보싱 문자 한 통, 물 위에 둥둥 거린다 한 대야의 물로 수장을 시킨다 캄캄한 하수구를 지나 소멸되지 못한 꼬리가 아우성이다 뱀꼬리처럼 자꾸 기웃거린다 아무리 읽어 보아도 물비늘 같이 미끌거린다 결국 분수처럼 하늘로 내 뿜는다 문자 같은 시간의 별을 읽으며, 다음 페이지를 넘긴다 환승역 푯말도 없는 바다, 발밑에 쓰러진다 미처 읽지 못한다 소리만 가득한, 몸으로 써 내린 문자 한 통,

복면같은

소리가 무거운
트럼펫에 불길이 솟는다
왕관에 불꽃이 인다
가질 수 있거나,가질 수 없는 복면의 우울
애니메이크로 변신하는 만화주인공 같다
벗겨진 신발 한 짝
잠시 하늘로 날아오른다
새 하얀 웨딩드레스는 가는 허리를 조이고
굵은 팔뚝은 레이스로 감싼다
짙은 보라색 야생화가 피었다
이름을 모른다
얼굴을 가린 이름
향기가 낯설다
숨을 쉴 수가 없다
꽃은 복면이다
방문을 닫는다
향기를 피한다
그를 아는 게 겁이 난다
어항 속 구피들이 플라스틱 꽃나무 사이로
꼬리를 감춘다

어둠의 시간

늦은 지하철을 탔다
의자는 늙은 모발처럼 뭉텅뭉텅 색이 빠졌다
자리를 탐하는 후줄근한 엉덩이는
지하철의 쾌감을 미처 모른다
모르는 것이 어디 엉덩이 뿐이던가
낮보다 빨리 달리는 속도감
그건 희망사항일지도 모른다
어느 블랙홀로 빨려 들어가는지
승객이 듬성듬성한 무서움이 밀려온다
하루의 종말에 취하거나
그것이 설령 술기운이었거나
옆자리의 머리가 어깨를 짓누른다
낯선 여자가 맞은 편 창문에 그림자를 얹는다
난해하다고 그만 고개를 돌린다
누군가의 시선이 나에게로 오고 있다
어둠처럼,
눈을 감아도 오고 있다
툭툭 머리를 치는 라운드스피커
"종점 입니다"
잠들어 있던 그림자가 내 어깨에서 빠져나간다

어느 이름 하나

물을 너무 많이 먹은
화분이 시들고 있다
지나친 관심은 꽃이나 사람이나 피곤하다
빈 화분의 눈치를 본다
꽃집을 지날 때마다 기웃거린다
어느 눈물 뒤에 떨어졌나
어느 웃음 앞에 떨어졌나
푸른 풀씨 두 개가 자라고 있다
한겨울인데도 쭉쭉 키를 늘린다
잡초일지 몰라도
기분이 좋다
최고의 꽃이 될지도 모를
푸른 심장을 그냥 두기로 한다
저 작은 풀씨에게도 숨긴 꿈이 있다
트럭이 엎어졌다
싣고 가던 병아리들이 압사 당한다
꼬마 아이의 셔츠 주머니로 구조된 병아리 두 마리
아이의 마음이 햇살 같아서 잘 자랄 것이다

일어나야겠다
구름처럼 우두커니 앉아
풀씨의 햇살을 막은 거 같다
베란다 창을 연다
햇살이 마구 화분을 먹고 있다

오늘도 사라지는

손으로 소리를 듣는 게 아니다 마음으로, 마음으로 바다의 벼리를 당긴다 파도는 무심하게 발아래를 지나간다 저렇게 속을 숨기고 있는 시퍼런 바다가 놀랍다 어떤 꿈이 저리 깊고 푸를까 그 꿈에 젖어 제주행 밤 배를 탄 적이 있다 모든 꿈이 시퍼렇고 푸르렀던 그때, 시커멓게 나를 따라오는 그 밤의 파도는 지옥圖였다 쉬지 않고 따라오는 그러나 배를 앞서가지 못하는 그 이상한 현실 앞에서 엽서를 보냈다 그런 시절이었다 외할머니가 돌아가셨다 꿈 하나 지고 있었다 소리없는 것들 참 무섭다 소년 둘이 자전거를 타고 달린다 낚시에 걸린 장어를 바퀴에 매달고 달린다 껍질이 벗겨지도록 장어는 땅 위를 달린다 바퀴는 신났다 소년들의 웃음도 신났다 잠깐 땅을 뛰어가는 바다가 신났다 바다는 변한다 꿈이 변한다 어딘가로 엽서를 보내고 생각지도 못하게 땅을 달리기도 한다 손가락 하나로 튕길 수 있는 줄은 어디에도 없다 누구하나 마음대로 가지고 싶은 바다 하나 그을 수 없다 소년의 바퀴를 좇아가는 바다는 오늘도 소년이다 사라지는 누군가의 오늘이다

웅천읍성

–고향은

역사는 웅천읍성이다 왜구로부터 백성을 보호하기 위해 만들었다 파도는 텅 빈 괄호를 남기고 돌아갔다 까치발로 뒤꿈치를 치켜세워도 괄호 너머의 바다는 아득하기만 했다 무소식이 희소식이라고 빨간 우체통은 돌아앉았다 톡톡 문을 두들겼다 눈에 익은 신작로는 여전히 황토빛 먼지를 키질하고 있었다 골다공증에 시달리는 담장은 여기저기 이가 빠졌었다 발을 집어넣어도 과거는 여전히 닿지 않는 통로였다 다섯 살쯤이었다 그 담장 앞에 서서 종일 해바라기를 했다 담장 너머로 고개를 내밀었다 키가 자란 사내들이 무등을 태워 주곤 했다 보일 듯 말 듯 하는 바다는 멀리 있고 먼 그리움을 무등 어깨 너머로 보고 있었다 배롱나무 가지에 매달린 배롱나무 꽃들이 석 달 열흘 동안 피고 있었다 달이 뜬 저녁에는 웅천읍성 돌담에 기대어 멀리서 오는 파도소리를 들었다

하루

시장 골목이 좁다
두 사람이 지나면 어깨를 살짝 돌려야 한다
TV화면은 서로 마주 보고 있다
김천 할머니 김치 가게에는 연속극 "내 사랑 내 곁에"
할머니의 김치 양념 비법이다
한 집 건너 화면에는
태초부터 바다를 지킨 파도가 넘실거린다
김치 할머니와 건어물 가게 사이로
짭조름한 바람이 지나간다
본능적으로 마른 침을 삼킨다
본능에 순응하듯 입을 둥글게 벌린다
김치와 멸치 볶음으로
밥을 먹는다
뉴스가 지나간다
어제와 같은 남루한 좌판이다
리모컨이 하품을 한다
밥상의 남은 반찬들도 하품을 한다

떠나보내지 못하는 게으른 시간들에
초파리같은 쉼표가 달라붙는다
리모컨 속으로 사라지는 하루
'묻지마'

제 4부

두꺼워진다

두꺼워진다
피부도 두꺼워진다
손톱 발톱도 두꺼워진다
다리도 두꺼워진다
손바닥 발바닥도 두꺼워진다
어느 순간 두꺼워진 욕설이 튀어나온다
두꺼워진 가슴, 마음도 두꺼워진다
멀리 가는 것은 더욱 두꺼워지고
가까이 오는 것을 자꾸 덮어버린다
두꺼운 것은 두꺼워진다
지나가는 바람이, 눈보라가 두꺼워진다
바람의 흔적이 두꺼워지거나
바람맞은 오늘이 두꺼워진다
두꺼워지기를 기다리는 시간이 두꺼워진다
자판 위의 글자들이
무섭다고 휘둥그래진 눈망울이
입술이 얼음장처럼 두꺼워진다

달의 갈피

여름 지나고, 바람비(雨)도 지나고
뒤늦게 핀 자목련이 달빛 속으로 숨는다
단풍에 들지 못한다
제 몸을 풀어내지 못한다
바다에 기운다
꽃에 기운다
황구는 午睡에 기운다
말(言)속으로 기운 잠
의자가 삐꺽거린다
보름달 같은 현미경을 든다
추리문학관 문턱에 걸린다
홈즈의 책장을 넘긴다
페이지마다 넘쳐나는
달의 지문들은 오래된 각질만 내민다
구름 속으로 자꾸 숨는 달은
어김없이 현행범이다
혼자 기울다
혼자 뒤척이다

페이지만 넘어간다

과거의 과거가 넘어가고

지금의 지금이 기운다

부엉이 세 마리가 들어있는

회양목 열매가 익고 있다

돌아가는 길

다시 밤을 기다린다
별이나 달이 길이다
북두칠성을 찾아 국자가 뜨는 길에 나선다
국이 끓어 넘치는 길을 간다
아이는 나를 닮은 길이라 한다
나는 내 어머니를 닮은 길이었다
아이가 가는 길을 마중하고 나는 내 길에서 아이를 본다
음악과 동물을 사랑하는 딸의 길과
두 아이를 목숨처럼 여기며 살아온 길은 다르다
스스로 알아가는 길의 그림자
아파트단지로 가는 골목길을 기웃거린다
계단에 이른다
길이 미끄럽다
누군가 등 뒤에서 고함을 지른다
길을 찾지못하고
쫓겨나는 등 뒤에서 누군가 총을 겨눈다
어디서 총소리가 나는 어긋난 길에서 어푸러진다
겨울나무처럼 뒹군다
멀리 간 딸아이의 이름을 부른다

혼자인 길에서 혼자인 이름을

거푸 부른다

이름이 나오지 않는다

눈치를 감춘

아이들은 치킨을 좋아라 하며 자주 먹는다 나는 날개 두 조각이면 충분하다 '어머니는 짜장면이 싫다고 하셨어 야야야' 노랫말은 사실이 아니다 그런 줄 알았던 나는 갑자가 치킨에 입맛이 땡겼다 치킨 한 판 놓고 몇 조각을 맥주와 더불어 맛나게 먹었다 눈치도 없는 때가 더러 생긴다 나이가 들어가는 뻔뻔함인가 아주 눈치코치 없는 날 아들이 눈치채고 사들고 왔으면, 맛난 치킨처럼 혀를 즐겁게 해주는 고소하고 기름진 시간이 그나마 눈치다 보는 즐거움, 날개를 뜯는 즐거움, 눈치를 감춘 겨드랑이 어디서 밤새 계륵, 계륵 소리가 난다

항구 여수

파도는 높게도, 낮게도
물새 등을 타고 달아난다
제자리 걸음이다
블랙홀 같은
시간에는 그림자가 없다

계단은 없고
허공만이 바다에 떠 있다
뿌리를 내리지 못하는
질긴 성기
몸속에 밀어 넣는 파도

아주 감쪽같이
출렁이는 가슴을 내려놓는다
후들거리는 걸음
낮달에 떠 있다

어디서 어스름이 내려앉는다
하루의 문장이 지워지고 있다

별이고 싶다

허공의 틈새를 타고 눈과 비는
천천히 혹은 빠르게
괄호 닫고 열고 사라진다
원래 그렇다는 소리는
처마 끝에 눈 녹는 소리다
혹은 빗방울 떨어지는 소리다
소리는 물속으로 사라진다
물고기들의 놀이개 감이 된다
가끔 메꿀 수 없는 외로움에 출렁거린다
잠을 청하고 외롭지 않으려
스스로 목숨을 끊는 사람과 통화한다
괄호를 닫고 괄호 속에 들앉는 사정을
괄호 풀듯이 열어 보고 싶다
모든 익숙한 것에 당혹스러워진다
아무도 모르게 괄호를 닫고 싶다
지저분하지는 않겠다
겨울나무에 매달린 별빛같은
바람의 건들거림에도 미동도 않는
새벽하늘에 눈뜨는 별이고 싶다

사진첩

낡은 거미줄이 바람에 흔들거린다
붉게 물든 담쟁이와
이제 꽃망울을 터트리는 동백나무를
물고 있는, 인연으로 자란
비어 있는 집이다
하루만, 저 허공을 허락해 준다면
게으른 겨울 햇살을 감고
게으른 몸을 누이고
게으른 꿈을 엮어보고 싶다
여름내 제 살을 풀어내어
고요한 집 한 채 남겨두고서
사라진 흔적에 바람이 수런거린다
변명조차 없는 무심한 거미줄
색 바랜 사진 몇 장이
나를 옭아 맨다
변명을 찾아가는 하루를

영화는 영화다

미움도 아닌 장마철 곰팡이도 아닌 사랑이 밤새 자란다 뽀송한 것이 그립다 早朝割引 영화가 그립다 아무도 없는 공간 속에 누에고치처럼 몸을 말고 앉는다 누에 주름 같은 고독한 줄무늬가 목젖에 새겨진다 음악은 검은 건반을 두드린다 검은 바람이 너울거린다 공허한 두려움이 퍼진다 꿈속의 간이역에 무작정 내려 서성대는 어둠이다 저 어둠속에 불쑥 튀어 나올 것 같은 알 수 없는 것들이 홀리는 이 느낌이 깊다 가끔 지나가는 기차소리에 귀를 막은 접시꽃, 꽃이 오므라든다 바람의 수신호에 검은 어둠이 입을 쩍 벌린다 비상구는 막장 같은 눈빛으로 뒤통수를 노려본다 되돌린 시간 속에 말을 삼킨다 나는 자꾸만 거꾸로 돌아간다 나는 저 막장에서 탈출해야 한다

전야

검은 매지구름 뒤에는 태풍이 따라 온다 그림자 같은 구름은 블라인드나 척후병처럼 의뭉스럽다 벗어날 수가 없는 나는 구름의 깊이를 재고 있다 첫사랑 같은 비밀스러운 심장의 떨림을 안은 구름을 어떤 자판기에서도 꺼낼 수없다 소나기 끝난 뒤 무지개가 뜨는 하늘의 구름, 한 여름 햇살에 달구어진 꼬리에 달무리 같은 구름, 시시각각 변하는 구름은 바람을 닮았다 그러나 아무런 변명을 주지 않는다 푸른 바다로 꿈을 띄운다 파도를 탄 구름이 흘러간다 누군가 구름을 한 아름 안고 밥을 먹는다 구름을 다독거려야 한다 밥이 흘러간다

드레스 룸

오늘 산 옷은 오늘 입지 않는다
한두 해 쯤 묵힌다
빛나는 날개가 두렵다
백설공주도 잠자는 숲속의 공주도
동화 속 잔혹사라는 게 두렵다
누군가 건네주는 사과 같은 것은 애초에 받지 않는다
오늘의 운세 난에는 운세난이 없으니
왕자님의 키스는 언제가 될지 모른다
나의 동화에는 왕자님은 없다
이제 어른이 되어 늙어가고
왕자님은 너무 늙었거나
먼 곳으로 간 것 같다
40계단 오른쪽에 멋진 옷집이 있다
마음에 든 원피스가 있다
드레스 룸처럼, 걸려 진 옷들이 좋았다
검정 레이스 셔츠를 샀다
운세 난에도 없는 행복이다
아무도 건네주지 않는 사과보다 달콤한
빵집을 지나쳤다
헐렁거리는 신발을 다그친다

짝퉁

나는 파운데이션이다 붉은 입술과 긴 속눈썹이다 나비의 날개는 파운데이션 가루였다 부드러웠다 유혹의 냄새가 났다 눈을 마주치면 사라져 버릴 파르스름한 것, 눈송이 같은 것, 파운데이션을 바르고 날개를 퍼득인다 나비가 된다 바람을 부채질하는 선풍기의 날개, 허공을 떠돌다 내려앉는 언어, 가면을 쓴 가면이 걸어간다 계단 끄트머리에서 발을 잃어버린다 날개 없는 발걸음을 들켜버렸다 명품 짝퉁은 구어체였다 꽁꽁 숨기고 회전문으로 들어간 나비의 필담이 크리스마스 트리에서 팔랑 거린다 하늘의 침묵과 동반한 눈이 내린다 나비가 난다

젖은 휴대폰

빨래가 끝난 세탁기 속에서
말풍선 꼬리말 '허걱'이 탈수되어 나온다
버선목처럼 확 뒤집어 보일수도 없는
그렇다고 혼자 빠져 나갈 수도 없는
휴대폰 속의 허걱, 몸살이 났다
이리저리 허우적거리고 있다
비밀스럽게 저장되어 있던 약속들이
갑자기 밀려든 쓰나미에 불어 터지고 말았다
팔, 다리가 너덜너덜
서로 끌어안고 절룸거리고 있다
힘없이 쓸려버린 기억의 흔적들, 풀대죽 같다
마른 나뭇가지로 건져 올려 말릴 수도 없다
미처 떠나지 못했던 문자들은 수장되었다
더딘 발자국을 물고 늘어선
몇 개의 문자들은 그냥 젖었다

마침표를 마구 찍어대는 꽃들
핏물이 배어드는 손톱 끝이 아리다

처서

그 차가움은 그랬다
방충망을 치고 들어왔다
버석거리는 바람결 속에
스며들지 못한 손금 몇 가닥
틈이 없는 바람결의 선선한 말
그 말을 들어야겠다
지난 여름은 혹독했다
내뱉지 못한 말들은 비리거나, 붉었다
떨어진 말의 껍질은 반짝인다
덩달아 잡초들은 발목에 칼금을 긋는다
주름처럼 엉겨 붙는다
텅 빈 장롱을 연다
눅눅한 말들이 숨 죽인 듯하더니
귀뚜라미처럼 울어댄다
이불을 뒤집어 쓴다
발기한 배롱나무를 끌어당긴다
포근하다 아니 뜨겁다
몸 어디가,

小女 적에

심부름을 가는 길은 대나무 숲을 지나야 했다 그림자는 앞서거니 뒤서거니 달빛 아래 따라 온다 걸음이 비칠거렸다 달빛은 허공에서 나를 움켜쥐었다 적산가옥은 시커먼 나무판자로 둘러쳐져 있다 주전자 속에서 출렁거리는 막걸리, 손은 꽁꽁 얼고, 달빛은 시리고, 대나무는 바람에 흔들려 알 수 없는 소리를 질러댔다 불쑥 나타나는 것들에는 항상 놀라서 가슴이 벌렁거린다 아버지의 술잔만큼 눈물이 차오르면 나는 그 한 잔의 눈물을 훔친다 손톱에 봉숭아물을 들인다

| 해설 |

이미지네이션으로 구축된 낯선 풍경들

– 이진해 시집 『사라지는 틈』에서

유 병 근
(시인, 수필가)

1. 하나의 출발

시는 언어의 그림이라는 말은 오래 전부터의 이야기다. 그럼에도 다시 시 속의 그림을 들춘다. 그렇게 말할 수 있는 바탕에는 시인 이진해의 시가 자리 잡고 있다. 그 화법話法이 유달리 그림을 연상하게 하는 점에 주목하게 된다. 시중화詩中畵라고도 했다. 시 속에 그림이 있고 그림 속에 시가 있으니 그렇다. 하기에 언어는 이런저런 다양한 물감이다. 상상력은 말할 나위도 없이 그 물감으로 시의 언어인 그림을 구성한다.

시는 오래 전부터 노래와 결부되어 왔다. 즉 가락을 구성하는 음곡에 시는 리듬을 읊조리는 물상이 되어 곡조와 흥을 함께 한다. 당연히 시는 청각으로 온다. 하지만 그림으로 구현될 경우 시는 시각으로 다가와 감동의 몫을 한다.

이렇게 시를 말할 수 있으나 시는 고정되지 않고 시라는 시대의 조류를 따라 흐른다. 그 흐름은 세상의 흐름을 앞지르는 예민한 촉수를 흔히 갖는다. 그 촉수 속에 시의 변모라는 것이 나타난다. 하기에 시는 세상의 길을 밝히는 등불이라는 말을 흔히 할 수 있다. 이것은 시인의 예민한 감각기관 때문이기도 하지만 변화를 앞세우는 시정신이 큰 몫을 한다.

법고창신法古創新의 기틀은 시에서 일어난다고 하여 지나친 말은 아닐 것이다. 이러한 시를 시인 이진해는 언어의 그림 형식으로 나타내고 있다. 그 그림 속의 보폭은 빠르다. 빠르게 지나가는 영상에 눈을 돌리기로 한다.

그건 나의 방심이 아니다
매래를 알지 못했거나
과거를 잊은 탓이다
꽃과 잎이 만나더라도
열매는 더디거나
아니면 모두 사라져야 익어간다
버뮤다 삼각지대는 지하철이 되거나
스크린 도어가 되거나
쇠파이프를 들이대는 고속도로가 된다
세 개의 기둥은 만나지 못하는 틈을 두고
글러가는 타이어를 만들고
버뮤다로 향하는 배 위에서 비키니를 입는다

돌연변이로 생겨나는 행운의 잎사귀를
한참 쳐다본다
버스를 놓치거나
버스를 그냥 보낸다
누구에게도 감명을 주지 않는 고양이 울음
신축중인 건물에 갇혔다
체불임금으로 아무도 없으니 녹슨 버뮤다가 되었다
울음은 제 번호를 누르지 못해
네잎클로버를 자꾸 놓친다
뾰족한 하이힐
트라이 앵글을 치듯 땅을 두드린다
걸음에 틈이 생긴다
고양이 울음처럼 틈이 생긴다
택시를 세운다

–「사라지는 틈」 전문

보폭이 경쾌하고 빠르다. '꽃과 잎이 만나더라도'로 말머리를 트는 시의 흐름은 '열매' '지하철'로 고리는 이어진다. '고속도로' '굴러가는 타이어'를 지나 '버뮤다로 향하는 배위에서 비키니를 입는' 영상은 한 장면의 그로데스크한 그림이 지나가는 것을 보게 한다. 장면은 다시 발빠른 영상으로 이동한다. 고양이 울음이다. '울음은 제 번호를 누르지 못해/네잎클로버를 자꾸 놓친다' 즉 행운을 놓친다고 할까. 현대인의 삶의 모습이 시를 대변하는 그림이 되어 '고양이 울음'과 '뾰족한 하이힐'이 서로 어울린다. 그 어울림 속에 '트라이 앵글'이 등장한다.

이런 긴박한 상황에서 벗어나야 하는 화자는 '택시를 세운다'. 이처럼 「사라지는 틈」은 현대인이 갖는 불안을 그림기법으로 나타낸다고 하겠다.

떠나고 싶다, 조금 더 높이
허공 어디쯤에 의자를 걸어놓고
느긋한 휴식을 갖고 싶다
상하좌우로 마구 춤추듯 흔들어대는
이 세계의 시간표는 청룡열차다
열차를 타고 내려다보면
큰 강을 건너가는 아우라가 보인다
새처럼 날지도 못하는 날개를 달고
거꾸로 매달린 죽지를 움켜쥐고, 찢어진다
하늘에 발을 감춘 바오밥나무가 된다
나무줄기를 타고 내려와야 하는
줄기는 바람에 거푸 흔들린다
때로 제 몸을 제 가시로 찌르는 장미
하늘이 빨갛게 젖어 있다

-「청룡열차」 부분

화자는'떠나고 싶'은 '세계의 시간표'를 타고자 한다. 그것은 「붉은 조등」의 기억 때문인지도 모른다. 샤갈의 그림을 연

상케 하는 이 시의 행간의 걸음은 비교적 빠르다. 그것을 의자가 걸린 허공에서 읽을 수 있다. 뿐만이 아니다. '청룡열차' '거꾸로 매달린 죽지' '바오밥나무' '장미'에로 이동하는 날렵한 이미지의 변화에서도 능히 읽을 수 있다.

시인은 이처럼 속도감이 있는 화면을 시의 스크린에 올린다. 시는 한 곳에 정지되어 있기를 거부한다. 날렵하게 움직이면서 상황묘사를 하는 기발한 감각회로를 갖는다. 한곳에 정지한 화면은 지루하다. 시인은 정지하기를 거부한다. 그런 기법으로 시의 내면은 참신하고 활기찬 힘을 갖는다.

대상을 묘사하려는 시인의 시선은 부지런히 움직이는 노력을 아끼지 않는다. 한곳에만 머물러 있을 수 없는 시인은 전후좌우 민감한 촉수를 뻗는다.

내 몸 어디쯤에서 흔들거린다
어지럽다
꿈처럼 사라지는 퍼즐조각은
밤마다 새로 짓는 꿈속에 버려졌다
야바위 속이다
여차하면 내 머리통에서
흔들거리는 바람이 차다
비굴하게 비켜가는 바람도 있다
소파며, 하얀 벽에 새길 해바라기 비명
마음으로 가만 헤아려본다
사라진 소식을 저울질하는

머리 위에 떠 있는 까치집
빈 하늘만 그저 높다
커튼을 치고 불을 켠다
지낙라는 겨울비에 거듭 젖는다
차가운 것들이 몸속으로 파고든다
액자에 박히지 못한
녹슨 피가 자꾸 녹슬어간다
뿌리처럼 뻗어 엉키지 않는 생각
무얼 지울까, 지워야 하는
그에게 어쩌다 매달리고 싶다
희미한 하구 언저리
흘러가는 시간을 보고 싶다

-「타워크레인」 전문

정적/적막 같은 것에만 기댈 수 없는 시인의 정서는 '내 몸 어디쯤에서 흔들'리며 사라지는 '퍼즐조각'을 버린다. 새로운 의지의 표명이다.'비굴하게 비켜가는 바람'처럼 '빈 하늘만 그저 높'은 허무를 헤아린다. 삶은 그렇게 편안한 것만은 아니다.'커튼을 치고 불을'켜는 밤은 '겨울에 젖'는 인고를 견디어야 한다. 세상과 타협하지 못하는 마음은 그지없이 막막하지만 '흘러가는 시간을' '하구 언저리'에서 본다. 이런 운명은 '액자에 박히지 못한 / 녹슨 피'로 대칭된다.

고독이라는 것은 무엇인가. 홀로라는 것은 무엇인가. 이 세계의 고독은 '머리 위에 떠 있는 까치집'처럼 '흔들거리는'무엇이다. 이처럼 시인 이진해는 고독의 내부를 헤아린다. 그것은 어떤 점 처절한 고통이다. 시인에게 고독은 '까치집'이다.

허공에 높이 치솟은 타워크레인은 어쩌면 화자의 고고한 정신이며 그 모습이지 않겠는가. 세상과의 타협을 거부하는 크레인처럼 냉철한 의지로 세계를 응시하는 차가운 시선은 '하얀 벽에 새길 해바라기 비명 / 마음으로 가만 헤아려'보는 의지를 갖는다. 시는 차갑다. 그런 면을 갖는 것이 시의 또 다른 국면이다.

> 두 발로 걸어 다닌 무거운 중력이었다
> 따뜻하게 늘어진 엄마의 뱃가죽은
> 내가 태어나고
> 내가 가시처럼 찔러댄 아픔으로 굳었다
>
> –「텅 비어버린」 부분

> 작은곰 별자리가 사라졌다
> 카시오피아 별자리도 사라졌다
> 캄캄한 스마트폰의
> 바탕화면이 다시 뜬다
> 얼굴도 모르는 문자들이 엉겨 붙는다
> 그물을 치고 그물 속에서 노는
> 하루치의 재미에 골몰한다
> 누군가는 말의 폭력에 시달린다

우글거리는 좀벌레 같은 댓글을
눈으로만 확인하고 또 지운다

–「폰, 스마트」 부분

굳어버린 엄마의 뱃가죽, 굳어버린 삶의 길은'내가 태어나고 / 내가 가시처럼 찔러댄 아픔으로'굳어버렸다. 가시는 자아를 보호하고자 한다. 그런 욕망으로 모든 가시는 그 몸의 보호본능으로 날카롭게 빛난다. 엄마의 뱃속에서 세상으로 나오면서 삶의 지혜를 스스로 터득한다. 그것은 가시세우기다. '얼굴도 모르는 문자들이 엉겨 붙는'세상을 살아가자면 '우글거리는 좀벌레 같은 댓글을 / 눈으로만 확인하고 또 지우는 일상적 노력 또한 필요하리라. '가시'는 그 노력을 도우는 일을 한다. 시인 이진해는 자아보호를 위한 엄청난 노력을'그물을 치고 그물 속에서 노는' '재미에 골몰'하는 길을 터득한다. 구체적인 시로 구현具現되는 '노는'의 동사대목은 놀이가 곧 재충전을 위한 길임을 알겠다.

2. 비감이 있는 풍경들

시인의 감수성은 말할 나위도 없이 어떤 느낌을 받아 이를 구체어로 몰입하는 길을 밝히며 말한다. 시인 이진해의 경우 그 감수성은 그림으로 나타난다는 것은 이미 말했다. 어떤 관념이든 사물이든 이를 구체적인 그림으로 형상화 하는 노력을 시인은 갖는다. 그럼으로 시인은 대상을 한 폭의 그림으로 보고 나타내는 자동카메라를 내장하고 있다고 하겠다.

그런가 하면 탄탄한 상상력으로 엮어나가는 진술을 보여주기도 한다. 이는 또 다른 풍경의 모습이 되어 다양한 시적운치에 힘이 되고 길이 된다.

여리고 부드러웠던 뼈들은 화석처럼 굳어져
서서히 까맣게 식어간다
땅은 서서히 붉은 속살을 감춘다
아무것도 자라지 못하도록, 영원히
방부제 같은 시멘트를 부어 단단하게 굳힌다
오그라지고, 구부러지고
얼마나 많은 길을 걸어왔는지
바싹 마르고 굳어진 발가락들
누군가는 독한 시멘트를 먹었고
누군가는 독한 말을 못처럼 사정없이 내려쳤다
그만 멈추고 싶다
오늘이 사라질까 두렵다
벽을 잡고도 일어서지를 못하겠다
벽이 다가온다
무릎에 힘을 준다

–「리모델링」 부분

시인이 걸어갈 길은 가까운 듯 까마득하다. '얼마나 많은 길을 걸어왔는지 / 바싹 마르고 굳어진 발가락들 / 누군가는 독한 시멘트를 먹었고 / 누군가는 독한 말을 못처럼 사정없이 내리쳤다'로 이어지는 처절한 삶의 흔적을 읽을 수 있다. 삶은 언제나 '화석처럼 굳은'나날이다. 이런 상항의 설정은 시적화자가 갖는 일종의 처절한 아픔이다. 아픔을 초월하기 위한 길은 '무릎에 힘을'주고 일어서는 일이다. 다 망가져 가는 절망은 '오그라지고, 구부러지'는 가운데 새로운 길이 열린다. 삶은 일어서기 위하여 망가진다. 그것을 「리모델링」이라는 다소 함축적인 제목이 시사한다.

어느 곳이건 리모델링하는 곳에서는 낡은 것은 일단 파괴하고 새로운 출발을 기하고자한다. 그런즉 파괴는 건설이라는 말이 있음직하다. 부수지 아니하고는 새로운 무엇이 일어설 수 없다. 시정신인들 어찌 이와 다르랴. 시인 이진해는 '독한 시멘트'와'독한 말'의 세계에서 의연히 일어서는 힘을 갖는다. 그 힘의 원천에 시라고 하는 것이 있다는 것은 뻔한 상식이다. 하지만 뻔한 상식이 특별한 상식으로 리모델링된 것이 시집『사라지는 틈』이다. 하기에 시인에게는 시가 일종의 구원이라고 말할 수 있다.

> 저 벽에 다시 못을 처야겠다
> 봄의 이름씨가 되지 못한
> 그림 한 점을 다시 걸어본다
> 너무 마르고 단단해서

두들겨야 우는 벽의 소리
소리가 밀고 들어온 자리에는
부러진 뼈가 너부러진다
봄의 문틀을 빠져나온
둥근 바퀴들이, 꽃잎처럼
짐짓 스란스럽다

-「다시, 걸어본다」 부분

화자는 지금 벽에 못을 치고 그림 한 점을 걸어볼 궁리를 한다. '너무 마르고 단단해서 / 두들겨야 우는 벽의 소리 / 소리가 밀고 들어온 자리에는 / 부러진 뼈가 너부러진다'는 진술에서 삶의 아픔을 절감하게 된다. 함으로 화자는 단순히 그림을 걸고자 벽에 못을 치는 것은 아니다. 그림이란 삶의 표정이다. 그러니까 벽에 아픈 세월을 걸어 '꽃잎처럼 / 짐짓 소란스'런 날들을 감지하고자 한다. 일상 삶의 방식을 걸어 새로운 삶으로 지향하는 바를 찾아내고자 함이랄까.

세상살이란 그렇게 홀가분한 것만이 아니다. 흔한 말로 고진감래苦盡甘來를'그림 한 점을 다시 걸어'느껴보자는 심산이라면 어떨까. 시인 이진해의 시에서 감득할 수 있는 것은 삶의 아름다움에서 표출되는 여러 양상들이다.

오늘 산 옷은 오늘 입지 않는다
한 두해를 묵힌다
빛나는 날개가 두렵다

백설공주도 잠자는 숲속의 공주도
동화 속 잔혹사라는 게 두렵다
누군가 건네주는 사과 같은 것은 애초에 받지 않는다
오늘의 운세란에는 운세난이 없으니
왕자님의 키스는 언제가 될지 모른다
나의 동화에는 왕자님은 없다
이제 어른이 되어 늙어가고
왕자님은 너무 늙었거나
먼 곳으로 간 것 같다
40계단 오른 쪽에 멋진 옷집이 있다
마음에 든 워니스가 있다
드레스 룸처럼, 걸려진 옷들이 좋았다
검정 레이스 셔츠를 샀다
운세난에도 없는 행복이다
아무도 건제주지 않는 사과보다 달콤한
빵집을 지나쳤다
헐렁거리는 신발을 다그친다

–「드레스 룸」 전문

시인 이진해는 대담한 듯 세심하다. '빛나는 날개가 두'려운 '오늘 산 옷은 오늘 입지 않는다'. '먼 곳으로 간 것 같'은 '왕자님은 너무 늙었'다. 하지만 '40계단 오른쪽에 있는 멋진 옷집'에서 '검정 레이스 셔츠를' 사는 멋을 안다. 아니 멋을 부린다고 할까. 그 날렵한 마음은 아쉽게도 '빵집을 지나'친다.

이진해 시의 그림 속에는 빵집을 그냥 지나가는 그림자가 보인다. 그 그림자는 '헐렁거리는 신발을 다그친다'. 아쉽다기보다는 산뜻하다.'헐렁거리는 신발'을 다그치는 경쾌한 걸음거리가 보이는 것 같다.

시는 일상의 산물이다. 멀리 있는 것이 아닌 바로 시인의 앞에서 혹은 안에서 일렁거리는 모습을 한다. 그 일렁거림의 한 줄기를 포착한다. 시인 이진해는 그런 감각의 촉수를 뻗는다. 그러면서 때로는 스스로 아파한다. "누군가에게 맨몸으로 무식하게 대들고 싶다 / 아프다, 껍질이 아프다 / 누가 호호 불어주렴"(「껍질이 아프다」부분)

그 아픔으로 시집 『사라지는 틈』이 태어난다.